o lado esquerdo

manoel ricardo de lima

mórula
EDITORIAL

Cultura e Barbárie

REVISÃO
Júlia Studart

IMAGEM DE CAPA
André Gonçalves

ILUSTRAÇÃO DO COLOFÃO
Franz Kafka

um fragmento de "o lado esquerdo" está publicado numa parceria entre as editoras mórula e cultura e barbárie, 2024, cineminha *handmade*, outros cortes, sentidos e montagem diferida com o título "jeanne moreau".

CIP-BRASIL. CATALOGAÇÃO NA PUBLICAÇÃO
SINDICATO NACIONAL DOS EDITORES DE LIVROS, RJ
Elaborado por Gabriela Faray Lopes — CRB 7/6643

L699L

Lima, Manoel Ricardo de
O lado esquerdo / Manoel Ricardo de Lima. – 1. ed. –Rio de Janeiro: Mórula; Florianópolis [SC]: Cultura e Barbárie, 2024.
128 p. ; 21 cm.

ISBN 978-65-6128-035-8

1. Poesia brasileira. I. Título.

24-92605 CDD: 869.1
CDU: 82-1(81)

para jeremias,
cabeça baixa, olhos tristes e a luta
dos dias num viveiro de pobres

para júlia, teo, cláudia,
sempre

“o passado religioso remete ao futuro utópico”

e

“é esta penúria em que milhões já nascem
e centenas de milhares são apanhados,
caindo na pobreza. o esterco e
a miséria crescem à sua volta como muros
levantados por mãos invisíveis”

[WALTER BENJAMIN]

PREFÁCIO

lavrar o vento

carolina anglada

este livro arranca-se de um vórtice cujo movimento indiscrimina tempo e guerra. começa, tão logo, com a flagrante atualidade da impotência e a ameaça sempre disponível à vida dos infames e dos vagabundos. arma-se, portanto, como uma armadilha para *chronos*, deformando esse incorrigível do tempo e do espaço, com o equívoco aliado à escrita, sua dimensão, simultaneamente, combativa e gasta. fantasia de montar um poema entre as imagens mais rechaçadas e esgotamento real dessa fantasia de oposição, dado que sempre é *sempre a perigo* e o homem ou é aquele que não pode ou aquele que julga poder tudo.

o ano aludido ao começo, 1968 ou 1969, teria sido antes, antes dos vietcongues no sul, do massacre perpetrado por militares a edson luiz, a jovens do movimento estudantil mexicano em tlatelolco, a metalúrgicos grevistas em contagem. anos inverificáveis, preservados sobretudo por sonhos sangrentos, canções e maquinários, a guerra que sempre vence, e o processo, sempre o da hostilidade. quando carlos de oliveira, ainda em 1968 ou 1969, de dentro do quarto, escreveu os versos, "o melhor é voltar-se para o/ lado esquerdo e assim,/ deslocando todo o peso/ do sangue sobre a metade/ mais gasta do corpo,/ esmagar o coração", a guerra era outra e a mesma: colonial, territorial, invasora, racista. mas a solução diverge: o poeta português imagina esmagar, massacrar, aniquilar o órgão do corpo, com o peso mesmo do corpo. esta é uma imagem que se repete, um ritornelo a destacar-se como procedimento aturdido de escrita, no exemplo de quem cava a própria cova ou engole a faca que lhe há de rasgar a garganta, exaurindo a diferença entre alvo e vítima, culpado e cúmplice, escrever e ser escrito. não é *chronos*, então, que irá nos responder quando irrompe este vórtice em que o esquerdo passa ao direito, o real à morte, a resistência à conivência. quando o lado simbolicamente opositivo envelhece e se perverte em mímica, lei, lucro e eco. esse hoje de antes de ontem apenas se alterna na gestão do poder e de uma mesma máquina governamental destinada a se autorreproduzir infinitamente.

o que resta da *guerra que*
vem dos dias?

como resto, retalhado por cenas de inferno e massacre, manoel ricardo de lima embaralha o que imagina desse diário escrito a muitas mãos, mãos indigentes, mãos canhotas, *gauches*, sem fama. mãos trabalhadoras, da terra e na terra, que não estão dispostas, entretanto, a abandonar a repetição (lê-se, a escrita da leitura), o inútil de suas revoltas, o sufoco com que atravessam ruínas e miséria, num espaço que só pode assim ser se diferido. paradoxalmente ou não, estes, do *viveiro de pobres, povo do abismo*, são os mesmos que sabem com o corpo que nada se agarra entre os dedos. que uma assinatura não é mais que a separação de uma intenção. tudo se passa, inconsequentemente, num trabalho serial a misturar paráfrase e deslocamento, oferecendo ao outro o que não se tem, porque nunca se teve ou fora perdido, na língua que também não pertence. íntima confrontação com os discursos do tempo, testando-os no contraste com diários nunca escritos; diariamente reescritos; escritos e que jamais foram lidos porque não publicados ou queimados; diários de quem não existiu e mesmo assim escreveu; páginas sonhadas; cartas não datadas; cadernetas e anotações de personagens a narrar encontros impossíveis, como o de gary snyder com pier paolo pasolini na sessão do filme de miklós jancsó. ou o de maria gabriela llansol com jacques derrida na faixa de gaza ou em el-biar, na argélia. o que não cessa de não se escrever, isto é, o impossível, aqui cessa: e se escreve na máquina de emaranhar paisagens que devém citação, marca de que há um qualquer que diz e faz ao dizer, atravessando a autorreferencialidade da experiência.

é o gesto, / semear a neve. paisagens como essa são efeito de uma enunciação e de uma imaginação com todo o sentido forte e político, jamais gratuitas ou pessoais. bem mais comum, insubordinadas à hereditariedade do sobrenome, destinadas a tornar novamente dizível e partilhável a barbárie concreta da civilização, nem que seja por meio de exercícios disparatados ou desencadeamentos propositados. a imaginação não é o imaginário, não é do *eu*, da herança familiar, não é o da narrativa a tapar furos, a apaziguar o incômodo. a *imaginação de peixe, presença / real, cisalpina, boreal, circumpolar,* mantém todas as ondas, o inconcluso do passado e o acontecimento sem presente, mantendo até mesmo aquilo que foi escrito ligeiramente e no escuro, sob a vigilância e a intimidação, ou o que não chegou a ser anotado, mas que aqui passa a ser lido.

a imaginação de isabelle eberhardt, sem pai e sobrenome paterno, andando no deserto, *vestida de homem, de feminino* marca no corpo o quiasma impossível dos sexos e a impossibilidade de ser ao mesmo tempo suíça e muçulmana, a exemplo também de quijote visto por sancho como *arlequim hermafrodita* – personagens rebeldes ao princípio da não contradição, como ainda walter benjamin, palestino e mexicano, muntu, gente, suportando o que pode ser diferente do que é e os pontos insuspeitos de confluência. este diário rebela-se, portanto, com o corpo e no corpo, ao que declara: *riqueza é não precisar de nada.* revolve rostos exteriores em espectros interiores. faz colidir identidade e identificação. vez ou outra, marionetes sem fios e fantasmas, traduzidos na fórmula de suas ativas insubstancialidades, vozes furtivas vindas de outros lugares, lembram-nos de todos os que viveram abaixo da humanidade, com menos que nada, senão uma paixão pelo que não se pode conhecer. e ainda vivem, muito embora alguns pareçam ignorar que rubricas como a das "escritas de si" só os submetem-se ainda mais à degradação, na medida em que tais chancelas pouco correspondem a processos de subjetivação política. textos celebrados, protegidos, cristalizados, docilmente submetidos à captura por dispositivos que transformam qualquer alteridade em mercadoria, semblante, discurso. o gesto deste **o lado esquerdo** é outro: é o de profanar a escrita ou mesmo a literatura, aqui, sem si, fora de si, esvaziada, impessoal, sem modelo, inconclusa; de combinar os povos esgotados por vir, suas imagens dissipadas, sempre condenadas ao fim, num exercício que não passa ao largo do anacronismo:

> o velho tempo
> que recusa o sempre pessoal
> o velho tempo é o mais perto
> possível do futuro

armadilha para *chronos*, sim, sem deixar também de ser armadilha para *kairós*, quando já nenhuma epifania ou iluminação secular é viável. se o acaso foi a mitologia dos modernos, um entusiasmo, hoje, a tarefa seria aboli-lo, como imagina raúl antelo, em seu diário lido por manoel. mas, afinal, qual a cisma dessa abolição? a de esmagá-lo como ao lado esquerdo do coração? ou de levá-lo às últimas consequências, como lemos nessas páginas em que o íntimo é o mais desapropriado, que se consome, uma queda? haveria ainda algum acaso na semelhança infinita entre as minúsculas partículas do pólen das plantas, vistas pelo microscópio por robert brown, e os olhos de jeanne moreau? ou na coincidência entre a juventude dos meninos do clube da esquina e as esquinas de paris onde se encontravam françois, jean e henri-pierre? no fundo do mar, jonas e a baleia, esta contingência virada para dentro, lança-nos pergunta afim: haveria ainda qualquer coisa que sustente o milagre fora da repetição ou do sistema a ele suposto? qualquer combinatória que não seja esgotamento dos possíveis? e quem já não suporta a palavra ou mesmo a poesia?

> *no*
> *mundo não há mistério*
> *algum, nem deus nem*
> *deuses, nem diabo nem*
> *demônios, nenhum lugar*
> *aonde ir*

se no último livro de manoel, **o método da exaustão**, exaurir era repetir, agora, esmagar é pressionar, desintegrar, contorcer, ombro a ombro, no limite do contorcionismo e do canibalismo. novamente nada de novo é acrescentado: *tudo* *continua assim e / o único limite para a / agonia de alguém é o / aniquilamento.* o procedimento parece voltar-se ao que já há na mais pequena escala, à *migalha*, minimamente menos, restos *para nada*. diante de uma escalada das máquinas de moer gente, **o lado esquerdo** é a micrografia desse cientista à sombra de isaac newton, o inglês robert hooke, que, inspirado pelo que ainda não havia, imaginou um outro uso para o microscópio, redescrevendo a ferramenta já conhecida em seu tempo, apenas modulando-a de acordo com a luz que entrava pela janela. é também a mescaligrafia de malcolm lowry, lenta, autodevorativa, obsessivamente dedicada a algo, desta vez, não minúsculo, mas excessivo como um vulcão, embora analisado em seus pormenores. entre o infinito e o infinivertido da mescalina de henri michaux, o coração ao lado de uma alegria trapezista, possuída pelo espírito de poder escrever no estreito de uma corda o seu próprio final. ao fim e ao cabo, quem termina de morrer, hoje? pode o homem morrer sem ser por *um ataque pelas costas*, por um ato de exploração ou pela fome?

este é um poema navalhado na extinção, em direção ao fim, as vistas às mínguas, míope, *o corpo debruçado, / quase cego, glaucoma e catarata, / não lê mais, pouco vê das coisas*. isso atestam os olhos arregalados de carlos de oliveira, na restrição desta micropaisagem, onde volta um mínimo dizer. eis a tarefa sem moral: ver, ver de novo, ver esgotado, com o esgotamento, *sem esperança ou fé*, *álibi / ou caridade.* ler numa língua sem aspecto gramatical, indiferente quanto ao grau de finalização dos acontecimentos narrados, assujeitando o dizer aos seus espectros e equívocos. escutá-los. remetendo a palavra ao outro que a secreta, seja ao sonho de insônia como no poeta português, à dormência de goethe ou à *alucinação onírica* de sandor ferénczi, trata-se de um gesto, no limite mesmo da anulação, por meio do qual revolve-se a única realidade restante e escuta-se esta volta ou ressoar dos passos a caminho dos campos de concentração, passos de retirantes, exilados, som do que é arrastado para a sua própria abolição.

> un lugar donde las cosas van
> a parar, norte, norte, nordeste
> brasileño, ceará, tierra de luz
> infernal, piauí, tierra donde
> casi todo el mundo muere de
> hambre, o la palestina, franja
> de gaza

finisterra. menos importam, portanto, as biografias e os relatos do eu, instrumentos com os quais o célebre homem aplaina a sua danação e cerze a dissonância de suas múltiplas línguas. ao contrário, pergunta-se: *como tocar a causa / do outro? [...] a causa / do outro, como / expulsar ou incorporar / a luz, como tocar?* como cobrir todas as mínimas direções, ceará, piauí, palestina? se retomamos o verso que dá título ao livro, como tocar sem esmagar? ao mesmo tempo, como escrever sem tampouco anular a pungência originária, a tensão interna, o informe do desejo e da revolta? com que força reenviar o que já foi lido e escrito à sua inquietante estranheza, à sua resistência à apropriação? nesse campo operatório do díspar e do disparate, do ilegível e do impensado, manoel ricardo de lima incide sem particularismos à desnaturalização da função mimética, referencial, territorializante, interessando-se mais pela opacidade dessas imagens, figuras e dizeres que, remontados em função do terror que viveram, convocam-nos a uma tomada de posição que é, sobretudo, a invenção de um lado ao lado. o poema como acesso ao lado que teria havido, este, lado livre, ao qual só se faz justiça podendo-se ir e podendo-se errar, podendo todo o peso do não, quando, então, *num / futuro anterior se sabe.*

1968 ou 1969 o poeta
português, carlos, "o melhor
dos amigos", imprime algo
sobre o lado esquerdo,
é uma cilada entre uma
insônia insuportável e
um homem que não dorme
e enquanto não dorme pensa:
o melhor é voltar-se para o
lado esquerdo e assim,
deslocando todo o peso
do sangue sobre a metade
mais gasta do corpo,
esmagar o coração

a imagem é ordinária, mas é
também impressionante,
o coração é a migalha
física que bombeia sangue,
é uma espera,
é a expectativa orgânica
e praticamente vazia
de um corpo esgotado,
esmagá-lo

a imagem é um negativo
da miséria, *suffering humanity,*
imagination of disaster e
as grandes cenas de francisco
goya: 1] a moradora de rua,
o grampo no cabelo sujo, o fedor
e um cuspe de morte, 2] o cabra
no semáforo, solto, pendurado
apenas pela falta de tudo, 3] a
vida não é para os velhos,
diário de constantin brâncusi
ou atenção à escada: pasărea
în văzduh, 4] pernas atadas
pela vida de carne e chuva,
dinheiro cai não cai do
céu, 5] o teatro do estado
e a tradução da bíblia por
lutero, 6] *meise mono ja nai,*
7] a terra é uma memória do
futuro ou o futuro é antes
de ontem, 8] alucinações
oníricas aterradoras, diário
de sándor ferenczi, 9] os
favores do povo, nada é
diante de um nosso
etc.

uma flor de paciência, e
isto não é algo para mostrar
aos outros, as migalhas são
para os heróis ou repare-se
no vagabundo que nunca
dorme imaginando que, ao
dobrar a esquina, há uma
comunidade independente
habitada apenas por larvas,
mosquitos, insetos, isto
é o começo

o vagabundo flutua, sem
nome pode assinar amélio
ou numênio de apameia, o
vagabundo não sabe a
eficácia, não sabe a nióbio,
é indesejável >>> é parte
do viveiro de pobres, não
sabe o sistema imaturo
da monocultura, não
guarda rancor >>> mas
tem raiva, morde, é centrífugo,
primitivo, é depois e diz
canções seculares de guerra,
trabalho, cura, velório, sonho,
gaia e o feminino extremo
da fome

a civilização é um perigo,
diário de bertolt brecht, 15
de julho, 1939, na dinamarca,
quando no mesmo instante
malcolm lowry traça um
vulcão nas costas de carlos, "o
melhor dos amigos", em
coyoacán, cidade do méxico,
com a anotação *os índios passam*
depressa, de pedra, ficam
antepondo-se ao norte que
fabrica os países de vidro,
e, na página ao lado, sem espaço,
existe ainda o amor e o vulnerável
cão do espírito dentro da
garganta vazia, os índios passam
e o vulnerável cão do amor
sossega pelo menos um
instante

é a mescaligrafia de lowry,
não para libertar os homens, as
mulheres, ninguém >>> um trem
descarrila, trótski está nele
com natália segova, ela usa
uma boina com véu >>> león,
diário de natália segova, 15
de julho, 1939, prefere os livros,
trabalha sozinho, é um herói
da antiguidade, prefere as
migalhas, é um homem de
plutarco, descobre plotino
lendo numênio de apameia,
sonha com a formação de
uma sociedade utópica,
sem autossuficiência,
desconfia da ajuda social
que se intromete entre o avanço
do capitalismo e a violência
da civilização para retirar dos
corpos flutuantes todo
desejo de revolta

recortam a fotografia
de trótski, mandam pras
cucuias, tacam fogo em
tudo ao redor, ele
não é eficaz, não suporta
a opressão, a miséria
que obriga a descer

na hungria, miklós radnóti
é capturado, vai morrer
no campo de concentração
em 1944, 35 anos

miklós jancsó filma *os*
condenados de sándor 25
anos depois, pasolini assiste
em roma, prende o ar e quase
sufoca, desenha gravuras em
seu diário, 21 de junho, 1969,
para esquecer as batidas do
coração de quem está perto
de morrer diante daqueles
que sabem têm o poder
de matar, sabe-se lá o que
passa na cabeça dos crentes
no poder, os que fazem
parte dele

a utopia sufoca atrás da
história, inchada, é o giro
da mercadoria que ela
também é, utopia é
palavra gasta, embotada,
o drama de ser dois, sigmund
freud [se exemplo fosse] inventa
uma rota de fuga perseguindo
o terror e arrastando o corpo
envelhecido numa cadeira
de ferro torcido e rodas, o que
se diz, o que se diz, agora
está velho, não é bom, nem
doce, e imagina que nenhum
futuro pode pagar a compensação
imediata aos que não querem perder,
nunca, 1 centavo sequer

a invenção de freud é reta:
pelas costas, atrás da porta,
mora a mãe, buraco na
terra, sombra, espectro,
ilusão vagabunda
e livre

o sol, o domingo, outono,
fumaça, resíduos sólidos, ar
aberto, a religião de todos
os dias, aprender a ver
sem esperança ou fé, álibi
ou caridade, o *velho tempo*
que recusa o sempre pessoal,
o velho tempo é o mais perto
possível do futuro, 14 de junho,
1969, diário de gary snyder, *onde*
e *a quem* só interessa as coisas
essenciais e o primitivo, na
plateia, sentado ao lado de
pasolini, revendo o filme de
miklós jancsó, o vento nos
eucaliptos

a humanidade é uma praga,
riqueza é não precisar de
nada, lavagem de porco,
ameaças e o medo infernal
de jonas dentro da boca do
leviatã: das duas, uma, última
caminhada, *beijar o cu do
diabo* ou *comer merda*

não há língua, nunca houve o
outro, traço distintivo, é o tempo
que se perde com essas coisas,
últimas frases do diário de luís
miguel nava, um burguês
imprestável, assassinado aos
37 anos, a língua perto da pele,
os poros e a água salgada, a
água abre os sentidos da memória
entre a cabeça e os rins, 9 de maio,
1995, coração inquieto e todos
os dedos enfiados na boca de
um céu irreparável, *technicolor*

comer alguém é assim, há entre
os corpos >>> o coração e a pele >>>
cumplicidades e entendimento com
os olhos, vapor, carne viva, ombros
e sangue, as mãos cumprem a
hospitalidade da pele e do
coração, revolver tudo, o resto
é o que se arrebenta na violência e
na guerra dos dias, a guerra que
vem dos dias

o céu recua, escrito póstumo
depois que a mãe morre, e
o terror se instala quando
chegam os comedores
de espaço, da terra >>>
uma subdivisão científica
que perfura a mais cretina
maneira de compor a
retina [frontal, bifocal] por
dinheiro >>> >>> >>>

>>> >>> >>> era muito pior,
é muito pior, a história
burguesa que desconversa
o jogo entre ciência e política
para, a seu favor, *geschwätz,*
geschwätz, todas as vezes,
gostar da natureza e dos
mortos, as aulas para mortos,
teatro de zumbis, é esta a base
de cálculo para os movimentos
e conservação da sensibilidade,
mas sem partilhar a terra,
a terra tem dono, é própria

as viagens a pé, barco,
cavalo, os animais selvagens,
aves migratórias, aquáticas,
o mar >>> as baleias >>> uma
imaginação de peixe, presença
real, cisalpina, boreal, circumpolar,
transpacífica, pouca gente,
imagens que não inventam
outras imagens, a viagem a
rabat, no marrocos, rio bu
regregue, casbá dos udaias,
a era berbere, a torre hassan,
rue de la madeleine, a cama,
mãos e pés amarrados, um
corte na garganta, a presença
de mohamed tourki, 19 anos,
condenado a morte por 25
lendo e relendo o diário de jean
genet, na prisão, com maurice
pilorge, lado a lado, corpo a
corpo, riobaldo e diadorim,
agora o mundo pode acabar

assim, assim sonhar todas as
noites com algum pobre amor,
cantar de pau duro todos os
crimes de amor, dormir tranquilo
com o espanto da botina na
cabeça ferida, raspada, não
saber, de fato, quem vai morrer,
a passagem de isabelle eberhardt
vestida de homem, de feminino
e convicta, a civilização refletida
na língua forte e vã diante do
abismo selvagem, esses homens,
todos, todos, animais selvagens,
abissais, caóticos, sombrios,
desordenados, rudes, ferozes,
lindamente vagabundos

ela lia blanqui, filho de
dominique, quando, depois,
rabisca em seu diário da
prisão, em 1836, que barbès
ia foder sua vida com essa
imbecilidade de sociedade das
famílias e que o melhor, de
fato, mesmo, é fabricar
explosivos ou, cultos antigos,
sem deuses, sem deus, quando
alegria é palavra para dizer
a salvação escatológica, mas
em outro mundo, nunca neste,
aqui, entre hostilidade frenética
e otimismo, móvel, vencedora
do vento, ágil: diante da
liberdade, o que fazer com
ela?

não é para ninguém, não é
para ninguém, está no diário
de kafka, no sanatório, em
10 de setembro, 1923, as
garatujas de marionetes
negras e sem fios e o fim da
esperança, ou seja, é a memória
do dr. bucéfalo, sem portas,
deslocada para um lugar
mais longe, mais alto, um
cavalo que mergulha livre
e fundo nos códigos sem a
pressão do cavaleiro, no lombo,
vira e revira as folhas de livros
velhos, ou sancho pança,
que nunca se vangloriou de
nada e afastou demônios
dando-lhes livros de cavalaria
para ler, mitologias da
rebelião do corpo

sancho é livre, não tem
senso de responsabilidade
nem prega autoconhecimento,
deixa o corpo ao lado do
demônio favorito, chama
de alonso ou quijote, arlequim
hermafrodita, canhoto contrariado,
neutralidade indulgente, é assim
o sentido das coisas que
dependem de futuro e não
da lei, sancho não sabe nada
sobre a farsa burguesa, é o
homem baixo, ladrão de almas,
nobre, roupas abandonadas
pelo caminho, carne e sangue

o medo da liberdade gera
o fascismo, é 29 de novembro,
1935, basilicata ou lucânia, ao
sul, o médico carlo levi não
tem mais muito tempo, anota
ligeiro a linha incorreta no
diário, preso porque também
falava húngaro e lia poemas
de miklós radnóti, caminhar,
caminhar mais, andar a pé,
boicotar os volumosos jornais
de domingo, a lavagem dos
porcos, o caderno, uma lanterna,
tudo tirado pelos guardas,
escrever no escuro

elsa morante não lembra
se miklós radnóti ou carlo levi
existiram, qual tinha aspecto
gracioso, alegre, qual passou
a vida nos *lager*, lugar que
é o modelo ideal e supremo
da cidade no sistema da
desintegração, qual foi
morto com um golpe na
nuca, qual cavou a própria
cova, qual teve o pescoço
atravessado por uma lâmina
decomposta, é o empenho
da máquina, a máquina política,
guillotin, joseph-ignace
guillotin, eponímia, é a
guilhotina, a linha total do
horizonte, o chão com brita
arenosa

transformar o próprio em
comum, o horror não tem
aspecto, é espectral,
anota em seu diário, sem
data, apenas verão, 1962,
quando deixou a casa de
alberto moravia, queria
estar sozinha, a morte das
coisas é uma flor de paciência,
lia miklós radnóti, é o
que se pode ver numa
lateral da caderneta, uma
borra de café e manchas de
vinho, é um milagre, é a prova
de que, mesmo dentro
daquela máquina perfeita
da desintegração, nada fica
íntegro

é o melhor amigo, pier
paolo, que, lendo poemas em
voz alta, na sala da casa, passa
por essa página completamente
rabiscada, e pergunta se é um
poema ou se é alguma anotação
de diário, nem uma coisa nem
outra, mas uma notícia, apenas,
de que tanto miklós quanto
carlo estiveram por um tempinho
aqui sobre a terra e que isto a
enche de alegria, isto é uma
aventura, isto é caminhar, isto
é mover-se contra a burocracia
organizada da bomba atômica,
o estado em que vivemos, este,
mímico, dos *lager*, o testemunho
póstumo da realidade é um
escândalo ou a alegria da notícia
é contra esse mesmo sistema
>>> o tempo todo

uma medida de relógios,
miséria ética, contra a
vagabundagem, a liberdade,
quando o mestre relojoeiro inglês
john harrison que, dizem, é
um gênio da mecânica e da
ideia da vida portátil, desafia
newton frente ao impossível >>>
inventar um relógio eterno
que registre o tempo, uma
hora que imagina terrível,
verdadeira, de um ponto de
partida até qualquer ponto
remoto do mundo >>> tudo
muito simples, o homem, a
ideia

john é pobre, faz objetos
sem fricção, lubrificação
ou limpeza, material resistente
à corrosão, partes móveis
equilibradas, elimina o
pêndulo, mistura metais,
é perseguido, massacrado
por moralistas sempre imbecis,
anota em seu diário, 24 de
março, 1773, que o mar engole
os barcos, que barcos precisam
de um cronômetro marinho, os
marinheiros não sabem nada
sobre longitude e viagens
de longa distância

um tempo absurdo e muito
miserável, encontrar-se com
jonas no fundo do mar ou
deparar-se com o *madre de
deus*, bandeira portuguesa e
colonização triunfante, todos
os baús repletos de moedas
de ouro e prata, diamante,
âmbar, almíscar, tapeçarias,
peças de morim e ébano

apenas dois retratos de john
que nada confirmam, é o pobre
john, massacrado pela máquina
de foder gente mesmo que
cheia de imaginação, num
diário de bordo de george
anson, comodoro do *centurion*
em direção ao atlântico sul, *sem*
data, ano de 1740, lê-se que
uma das pinturas é de thomas
king e a outra de peter j. tassaert,
e que seriam feitas anos depois,
entre 1765 e 1766 : degradação
e desespero, são os cretinos
que se dizem relojoeiros, pierre
le roy e ferdinand berthoud,
que ficam ricos, imitação
barata, mais barata ainda é
a de larcum kendall

não há poesia em john harrison,
não pode nem poderia haver
poesia na invenção de john
harrison, mas a canção de antônio
carlos gomes belchior fontenelle
fernandes, *comentário a respeito
de john*, trata da medida dos
relógios e é imediata e
exatamente sobre john harrison,
inesquecível, *a felicidade é uma
arma quente* e *digam de que lado
nasce o sol, lá bate um coração
e a luz de um cigarro na cama*

belchior canta uma recusa ao
uso dos relógios de bolso,
gosta de cachimbos e da
poesia de dante que, ninguém
sabe, mas não tem diários,
não gosta de barcos e
a palavra *mar* lhe provoca
enjoos e vômitos infinitos,
mesmo assim, todos sabem,
tenta, de todos as maneiras,
inventar uma máquina de
voo e o medo de avião

libertar-se, na imaginação,
desdobrar-se por meio
da imaginação, abolir
para sempre o acaso,
é a anotação do diário de
raúl antelo, 6 de março,
2023, em buenos aires,
escrito em espanhol,
fiorito, platonismo violento
e dimensão profética, com
o pensamento todo voltado
para o circo de ramón gomez
de la serna, no alto do trapézio,
em milão, *a verdadeira liberdade*
dos povos, antes de mais nada,
será conquistada num circo

um quiasma de corpo
múltiplo, todo o passado
transformado em entidades
metamórficas e a vida
que circula nos corpos e
fora dos corpos = é a
mesma >>> toda imaginação,
pode-se ler com algum
esforço na mesma página
do diário >>> é um desejo
estreito, uma saída da
imitação, uma criação, o
resto é silêncio, algum
severo aturdito e a
dedicação de armand
petitjean à perfumaria

lancôme é o perfume
que søren kierkegaard
usa em 1850, mas um
espectro em vermelho
que habita as cercanias
da universidade, em lisboa,
que atende por silvina,
silvina, silvina, silvina,
4 vezes, o espectro só
aparece se o nome é
berrado 4 vezes, ao
menos

conta que søren não usa
perfumes, ao contrário,
carrega consigo um
fedor cruel e insuportável,
tem membros anteriores
muito pequenos, os
posteriores longos demais,
vive quieto e qualquer
mínimo movimento pode
parecer um salto enorme:
os homens são mesmo
absurdos e há insetos que
morrem no ato da
fecundação

o espectro, antes de partir,
urra que não consegue
esquecer a anotação de
søren kierkegaard de 5
de maio, 1851, acerca de
jonathan swift: a velhice
realiza sonhos da juventude,
porque na juventude
constrói um manicômio
e na velhice muda-se
para lá

somos todos muito
sozinhos no mundo, e
isto vem da guerra e do
trabalho, os dois males
que os homens exercem
uns sobre os outros, a
desigualdade que se
construiu natural entre
violência e razão, ela
também não esquece
que walter benjamin
anota, em paris, 6 de
junho, 1939, que a única
porta para a justiça é
o estudo

estudo que se repete
em santana do acaraú,
numa fazendola de diabos,
quando voam páginas
infinitas do diário de josé
alcides pinto, na mesma
hora, exatamente a mesma
hora fixada no relógio portátil
inventado por john harrison
e que está com a manivelinha
de cordas quebrada no pulso
de belchior enquanto canta
linhas da encantada *comentário*
a respeito de john numa concha
acústica da universidade
de montevideo, no uruguai,
11 graus, 39 graus no sertão
do ceará, 32 graus em
fortaleza, capital do ceará

e uma motocicleta bate com
força na lateral do corpo magro
do índio velho carregando
exemplares, capa vermelha,
de *os verdes abutres da colina*
e *cantos de lúcifer*, capa
amarela

a desenhista uruguaia
que gosta muito de patti
smith e jethro tull, pa to
segóvia, na plateia, tenta dizer
as palavras que belchior grita
sem parar, *el cóndor pasa*
sobre los andes y extiende sus
alas sobre nosotros, prueba
la canción exacta, nueva,
y la vida que nos tocó nos
enseña para que la cante
el pueblo de latinoamérica,
quien viene de trabajar duro
escucha y aprende pronto
a usar todo el dolor, ¿quién
tuvo que irse a un país
lejano?

pa to sempre ouve
falar de josé alcides
pinto que, atropelado
por uma motocicleta em
31 de agosto, 2008, no
centro, morre 3 dias
depois, e sorrindo

as páginas que ainda
voam por aí, dizem, contam
de uma guerra redonda e total
narrada em *a divina relação*
do corpo, as páginas giram
em espiral entre forquilha,
cariré e a serra da meruoca,
um ciclone, um redemoinho,
um saci, cão chupando mariola
cão chupando manga, cão
do espírito, diapsalmata,
iluminação brusca,
fragmentada, dispersa,
um amor infeliz pela vida,
uma dor das coisas

o tempo todo, a existência
das larvas lembram as
somas da compensação
da miséria humana, josé
alcides pinto e assis brasil
são larvas, animais tóxicos
que imitam espécies
inofensivas, mas não são
miméticos, está no diário
de robert mertens, agosto,
1975, 20 dias depois ele
morre

mesmos mês e ano em
que aparece *os que bebem*
como os cães, chupando
mariola, chupando manga,
cão do amor, vespa e formiga,
coleópteros = o besouro,
ortópteros = a esperança,
uma ensifera, última a morrer
ou a que, no diário de kafka,
em kierling, klosterneuburg,
fevereiro, 1924, reescrito várias
vezes por assis brasil, existe
no mundo, mas não é
para nós

insetos não são tectônicos,
extáticos, nem se emendam
ao homem serpente, banal,
chato e crente unicamente
em "seu eu", esta é a dobra
fascista mais vil do absoluto,
sem morte, limitada por
tabus, baixa e vil, é tal
como o dinheiro, um
chefe, um sacerdote, meio
de poder, os reis, sem
liberdade alguma >>>

>>> do outro lado, os pobres,
um viveiro de pobres, livres,
sem nenhum poder, longe
dos objetos, sem qualidades,
qualquer coisa, loucos,
animais, plantas, bactérias
e as crianças da rua de
namur, a posse de nada

dos animais, está no diário
de maria gabriela llansol,
ainda se é longe, ainda
é tudo desconhecido,
como falar com animais
e plantas, jodoigne, janeiro,
1976, é com eros, força
da natureza, nudez libidinal,
desregulação total, o mais
distante possível dos
caminhos invadidos,
incorporada a caminhos
livres, caminhar, caminhar
mais, vagabundos,
porém, ao mesmo tempo,
é apenas uma geração de
mutilados de guerra, da
guerra que vem dos dias,
ver e agarrar, fazer e
desaparecer, estar aí
e ser assim, quando tudo
passa pelo corpo, estrume,
elixir ou veneno

a aprendizagem de ver e
a aventura das facas, 3
facas, bisonte = meio
milhão de índios, homem =
guerra, mulheres = despojos,
a vida que não pode pagar
agora, imediatamente,
imediatamente é a quem
se lançam as recompensas =

capital = lucro e servidão,
nenhuma memória da
terra e toda ilusão da forma,
onde fica o desvio por
um velho tempo, o tempo
que dá voltas e rompe
com a história, o tempo
que dá voltas e rompe
em direção a um futuro
fabuloso que existe
antes do espaço, a
vida no tempo, *gradi*,
gradi, *gradi*, o povo
do abismo e todos os
ventos do mundo

maria gabriela llansol
anota em seu diário durante
a sua viagem até a faixa
de gaza, quer encontrar-se
com jacques derrida, argelino,
africano, gosta disso, parece
gostar muito da figura e dos
cabelos de jacques derrida

a história dos homens é um
instante entre os 2 passos
de um caminhante, anota,
mas já não sabe se isso
augusto joaquim lhe berrou
antes de partir, porque lera
em jacques derrida, ou se
lera, durante a viagem
até a palestina, uma
página em voo que lhe
caiu no colo, sem nome,
sem data, de franz kafka
reescrito várias vezes
por assis brasil ou josé
alcides pinto, índio
velho

não há data certa da
viagem de llansol,
parece que em março,
2002, primavera, quando
derrida não está lá, mas
beira a morte, ela também,
em 2004 e 2008, quer ir
até el-biar, na argélia, para
diante de uma esperança,
mal incurável, ensifera, um
apelo de mahmoud
darwish, a relação pânica
com o outro, e certa de
que nenhum senhor ouve
quem não diz o que
pretende ouvir, a velha
vingança, triste, horrível

afastada, sem força, seca,
árida e uma criança vem,
afegã-muçulmana, com
uma abertura à altura
do coração, grades e
sangue, paciência e
paixão, caros amigos >>>
anota derrida olhando
fixo para hélène cixous,
sem baixar a cabeça >>>

>>> de coragem exemplar
e todos os riscos, como
é inventar uma oposição
às formas da morte, do
terror, da opressão
armada, leviatã e o
professor azmi bishara,
perseguido, ameaçado,
por causa de sua mão
estendida, como dar a
palavra ou quando
uma palavra, antes
de falar, diz

maria perde a face
esquerda do rosto, e a
memória, guarda tudo
em cadernetas, para ninguém,
jacques abraça-se a hèléne
com um sorriso mútuo,
numa das cadernetas
pode-se ler que todos
os fanatismos, todas as
lógicas da guerra e da
morte, todos os dogmas
fundamentais vencem,
o tempo inteiro, e que
walter benjamin é
palestino, mexicano,
kongo, muntu, gente,
mora entre o *porxo* e
o *bolicho*

se é impossível inventar
uma vida inédita dizendo
apenas coragem, até
breve, adeus, nós e,
simplesmente, com
imaginação, como um
esgotamento, se é
impossível partilhar
a terra, os olhos, as
lentes de galileu, dançar
com o coração, de
coração a coração

em 1828, na revista científica
philosophical magazine, um
botânico, robert brown,
publica uma breve
descrição de observações
microscópicas efetuadas
nos meses de junho, julho
e agosto de 1827 sobre
partículas contidas no
pólen de plantas, 100
anos depois, em janeiro,
jeanne moreau abre os
olhos fortes pela primeira
vez, em paris, e alguém
num bar, atrás do balcão,
grita, é o pai, a mãe aperta
a criança no seio esquerdo e,
no ouvido, devagarinho,
a vida é uma dança

impossível esquecer os
olhos de jeanne moreau
desde a primeira vez ou
quando reaparecem no
esbugalho do tempo que
esmaga o coração,
impossível, impossível
esquecer, ainda mais se
vistos através das lentes
do microscópio, como os
pequenos grãos do pólen
de plantas que robert
brown observa, tão leves
que flutuam na água

é uma surpresa inexplicável,
o incessante movimento
desses grãos que se
deslocam de um lado para
o outro em uma dança
brusca, como o corpo
esguio de jeanne moreau
em *la notte*, de michelangelo
antonioni, melancólico,
lançado sobre um sofá
burguês numa festa vazia
ao lado de monica vitti e
marcello mastroianni

robert brown pensa que
o movimento dos grãos
é causado por algum
minúsculo ser vivo que
mora dentro do grão,
podem ser as sementes
dos olhos de jeanne moreau
que, certamente, são vistas
em 1590 por franz, johan e
zacarias, munidos de
lentes num objeto
rudimentar e raríssima
nitidez, é a resolução do
olho humano, é o começo
do olhar infernal e doce
de jeanne moreau, *la
baie des anges* ou *à
demain* ou *les amants*

em 1662, robert hooke
usa um microscópio para
observar pequenos objetos,
animais e plantas, a casca
do carvalho que é feita de
alvéolos vazios e parecem
favos, 500 anos depois
jeanne moreau corre por
uma ponte, sorrindo, os
olhos atirados num tempo
infinito, calças largas, suéter
encantado e frouxo, boina
masculina, usa bigodes, botas
firmes, ao lado de jules e jim,
e parece não saber que ali,
assim, em espiral, o corpo
rompe o vento, senta-se no
degrau mais bonito da escada,
e sorri outra vez, como só
pode sorrir quem não
tem pulmões

a ponte mora no tempo,
50 anos antes, é 1912, há trens,
é o começo da guerra, alguém
sabota tudo, cava e cava
trincheiras, covas, espalha
corpos por toda a europa,
por isso quando françois, jean
e henri-pierre se encontram
numa esquina em santa teresa,
belo horizonte, no brasil, perto
da américa latina

escrevem juntos algumas
canções e bebem até o
amanhecer, caminham,
caminham mais, param pra
um café, pegam da bicicleta,
há o tesouro da juventude,
há um soldado veterano e
cansado: *lá vem a bomba,*
há a guerra, voltam a caminhar,
dividem cigarros, sonham no
chão, e um dia, uma estrada,
um estranho silêncio na rua,
toda manhã acreditam nas
histórias, em todas as histórias
do mundo

o sol se apaga, robert hooke
não sabe que observa contornos
de células vegetais mortas,
mas sabe os olhos de jeanne
moreau, sabe aos olhos de
jeanne moreau, o olhar de
jeanne moreau, 500 anos
depois, 50 anos antes, em paris,
antes da guerra de sabotagem,
de trincheiras, aviões e canhões
de longo alcance, e inventa a
micrographia, só para ela, *little*
boxes of cells, alvéolos, a célula
e, ainda que a cidade anoiteça,
jeanne moreau é definitiva

a terra está colocada
aí, neste universo das
lentes e dos olhos de
galileu, que abjura,
salviati e simplício
conversam sobre isso,
uma espécie de ponto
do qual ninguém sabe,
— *onde ela está posta?*,
a terra, o corpo solar,
o sol distante da terra,
o lugar do corpo solar,
corpo de vênus, aparência
sensível e o que acontece
nessa estrela sempre perto
do sol num intervalo de
40 graus?

salviati e simplício são
também os homens da
guerra por uma luneta
mágica, relata joaquim
manuel de macedo em
seu diário: o primeiro,
um armênio que fabrica
lentes bipolares ou o bem
ou o mal, desconhece toda
ideia de bom senso, vagabundo,
errante, judeu, muçulmano
e probo

o segundo, desde o nome,
povo do abismo, é parte do
viveiro de pobres, duas vezes
míope, moral e fisicamente,
não distingue sequer uma
mosca de um rato, é o ano
de 1869 e, no diário, a nota
de joaquim: *um homem não
pode, não pode*

não pode, não pode, repete
também jeremias, quarta
lamentação, tudo contra
jerusalém, a última fotografia
e o pai, *não pode,* morto, a mãe
morta, enfiar-se sob a cama,
letto >> letto, choro convulso,
a saída para o hospital dos
inocentes >>> *não há vítimas*
inocentes e *estamos todos em*
perigo, está no diário de
pasolini, 19 de julho, 1967 >>>
vestido florido, volta amanhã

aparece de costas em uma
fotografia, o corpo debruçado,
quase cego, glaucoma e catarata,
não lê mais, pouco vê das coisas,
mal sabe nomes, *fez boa viagem?*,
tudo contra jerusalém, jeremias é
palestino, mexicano, kongo, muntu,
gente, mora entre o *porxo* e
o *bolicho*, camisa verde, bengala,
cadeira de plástico, a lente à
esquerda e a gaveta de guardados,
um revólver calibre 22, cabo de
madrepérola, matar-se 3 vezes e
fazer-se presente na hora de morrer:
tesoura, velhice, solidão, silêncio e
cansaço, já chega, é a anotação do
diário, 22, novembro, sem o ano,
tinta azul e miró, *um homem não*
pode

fue exactamente en 1662 que
el último pájaro dodo fue visto
en la isla mauricio, 24 años
después de la llegada de los
holandeses, ese tiempo les tomó
terminar con todos los ejemplares
de esta ave de um metro de
altura incapaz de volar, destruir
todos los bosques nativos,
introducir animales exógenos
al ecosistema existente y de
darles caza por el mero gusto
de hacerlo, al no haber registrado
a los seres humanos como
depredadores, la isla quedó
deshabitada

los dodos no desconfiaban,
ahora solo quedan descripciones
de la época, hay un ejemplar
embalsamado en un museo de
amsterdam, pero se estropeó
y acabó en la basura, se conservan
un huevo y un esqueleto
desenterrado en el 2007, lê-se
no diário de andi nachon, março,
2023, buenos aires, combate de los
pozos, *un hombre no puede o*
imagina que puede todo

e segue, tentando compor
uma oração: *para vos una*
oración, para vos una oración,
un lugar donde las cosas van
a parar, norte, norte, nordeste
brasileño, ceará, tierra de luz
infernal, piauí, tierra donde
casi todo el mundo muere de
hambre, o la palestina, franja
de gaza

atrapados, no tienen cómo
escapar, o brujula casi como
quien de joven insiste: ¿ si algo
importa todo todo tendría que
importar? un lugar adonde a
veces vos quisieras dejarte
parar y no se atraviesan estas
matérias ou quando em
catamarca ou zavaleta,
san josé ou atuel, 1825 e 26,
o exército brasileiro do
imperador come os vizinhos,
por el mero gusto de hacerlo,
y al no haber registro de
los seres humanos como
depredadores, los dodos
no desconfían

sonhar e explodir é vegetal,
vivo, aberto, gozar é narcísico,
moral, fechado, está no diário
de henriette, mãe de roland
barthes, que andi lera aos 11
anos, no colégio, 1981, diante
de um corpo de água movente
até o mar, *toma mi sueño,*
llevame con suavidad

andi pensa em amiduh,
amadou, uma isca, que anos
depois atropela o velho
pensador no 13.º *arrondissement*,
paris, 26 de março, 1980, uma
culpa, um propósito, como fora
morto josé alcides pinto, uma
motocicleta, alta velocidade,
esta política, a face extensiva
dos veículos metabólicos
exige morte rápida, é a
criação dos estados para
moer gente, totalitários, as
guerras-relâmpago, quem
pensa um pensamento que
ainda não pode ser pensado
deve morrer

esta é a revolução para o
dinheiro, dromológica,
plena de conjunções
adversativas, mas, contudo,
todavia, com nióbio e
silício, o movimento não é
mais uma revolução, *mas*
uma impertinência paralisadora,
tudo é centro, o que se divide
se divide para dominar, a
força cria o direito a invadir,
poder para invadir, erguer
um *donjon, dominus,* senhor,
patrão, dono, dominador

senhor dono da casa,
para vos una oración, para
vos una oración, a velocidade
é a guerra, a guerra total, a
última guerra, a guerra do
tempo, a guerra é um depósito
de movimento para o dinheiro,
fábrica de velocidade, *descarga*
completa do diário de clausewitz,
1821, outubro, na breslávia, que
projeta o estado de emergência,
lugar e lei, destino e morte do
mundo

carlos, *o melhor dos amigos,*
escreve para ruy belo, ora
que o mundo se esvazie,
para vos una oración, para
vos una oración, setembro,
1977, ruy belo morre a
qualquer momento, é a
doença, pergunta ao amigo
se sabe onde guarda o
diário de gary snyder que,
por acaso, instante exato,
está em paris e conversa
lentamente sobre um
texto, um sonho >>>

um texto de pasolini, i *diritti*
della vita, 1969, um sonho >>>
com paul virilio que, numa
conferência antes de ontem,
anuncia a catástrofe dos dias
velozes, dias militares: a
marcha de seres fanáticos,
moralistas, conquistadores
da rua, a rua é agora o que
pode nos matar, a todos,
a rua é a lei, a rua mata a
vagabundagem

antonio gramsci está preso,
ele não pode, paulo leminski
toca violão e fogo na biblioteca
de casa, pilarzinho, ele também
não pode, wilson bueno é morto
no sobrado ao lado, há um ipê
amarelo à porta, petreceli schmitt,
smith & wesson no coldre direta de
norwich, connecticut, 1852, 18°,
outubro, muita chuva, ventos a
8km, os inimigos horace smith e
daniel b. wesson, raivosos, traçam
desenhos em seus cadernos de
projetos bélicos

a ideia é criar empenhos viris,
ganhar muito dinheiro, mal se
falam, aliás, se odeiam, foda-se
tudo, a faca apontada para o
próprio pescoço, pouca idade,
a vida se encerra aqui, dois
namorados olhando o céu e
uma mesma conclusão, a
próxima guerra, a terra, nada
vale um cibazol furado, em
curitiba também faz frio, 8°,
chão úmido, calçadas largas,
1983, 935 metros acima da
superfície do mar, leminski
inventa um monstro de 4
cabeças, trótski, exu e hulk,
sem nome, que a tudo
devora e come e maltrata,
sem matar

12 de outubro, traduz gary
snyder e roupas íntimas de
lawrence ferlinghetti, 1983
pode ser um ano ruim, tudo
está muito cheio: a vida tal
como um verme na terra,
como um falcão, esquecer
tudo, tudo o que se sabe,
o mesmo velho circuito sem
erro, algumas linhas, cores
e o vazio, os *vazios*, livres
para não ir nem vir, a
morte de miguel, anjo de
asas na bunda, malaquias

para não ir nem vir ou o
diário de carlos, outubro,
12, 2023, 40 anos depois,
lendo num bar em san juan
ridge, montanhas de sierra
nevada, dividir tudo, tudo o
que não se é, gary sorri, nada
mais, e prepara um café, a
xícara fumegante, cabelos
finos e prateados, camisa de
trabalho, azul, longa, magreza,
altura modesta e estável, é
um leve tronco, sonha com
carvalhos, receitas de bolinhos
chineses e uma única esperança,
encontrar o grande vazio, aponta
para fora da cabana

o vazio, em 1511 pánfilo de
narváez escreve numa
carta de relação, não há a
anotação do dia, do mês,
que manda degolar 7 mil
índios nas proximidades de
caonao, tal como se manda
matar um rebanho de vacas,
depois cuba, o mesmo lugar
em que ernesto sobe numa
árvore, sozinho, cansado, quase
sem respirar, 14 de junho, 1959,
para ler um livro de goethe,
afinidades eletivas, olha para
baixo, espantado, revira os
olhos, o exército parece
massacrado, não há cavalos
nem ovelhas

ao contrário de che, josé
martí anota em cerca de
400 páginas manuscritas
que o frei bartolomé de las
casas prefere escrever, e
assim imagina um homem
chamado colombo, navegador
e obsessivo, sem esperança,
financiado pelo poder
espanhol para uma técnica
cruel de violência, matar
seres humanos e fincar uma
única ideia: comércio e, quem
sabe, a conquista da lua,
quando o nome é cyrano
de bergerac e a rouba
para presentear alguém
que ama, uma dobra de
ódio, desesperadamente

se o melhor ainda é voltar-se
para o lado esquerdo e assim,
deslocar todo o peso
do sangue sobre a metade
mais gasta do corpo,
esmagar o coração, quando
vladimir maiakóvski, camisa
amarela, desesperadamente,
três metros de tristeza ao
entardecer, escreve em seu
diário, 14 de março, 1930, que
se mata 30 dias depois

e que o príncipe nevskí, antes,
pode salvar a rússia dos
inimigos em 1240, batalha de
neva, mas um homem não
pode, anatomia raivosa,
restam sorrisos ao palhaço,
ao matemático, porque o
poeta já era, vendeu-se, quer
prêmios e solavancos para
ocultar recibos vencidos,
depois, quem sabe, batalha
ociosa, pode coser flores,
feito maria grampinho ou
um rosário de objetos
mumificados à camisa
amarela, um a um, como
um ataque pelas costas

no diário de louise, que
morreu em 1893, irmã de
mohr, brota uma corcova,
um ataque pelas costas,
de perto se pode ler que
todo ataque pelas costas é
uma traição, de mais perto
ainda se pode ler que, até
aqui, a vida é só luta >>>
tudo parece cansaço,
perda e muita dor, mas há
também o sorriso, o diabo
de uma alegria que, sabe-se
lá como ou quando, vem
da força dos dedos em
contorção sobre o mundo,
e apenas duas certezas
: ou três :

1] as tartarugas não sabem
dizer adeus, 2] os caracóis
não podem dividir a casa,
condenados, a mercadoria
venceu, comeu tudo e 3]
mohr, criança, é tirano,
está anotado no diário de
franziska, trier, 1834, quase
todo escrito às margens
do rio mosela, e conta as
melhores histórias, as mais
bonitas, maravilhosas, que
aparecem depois sobre as
múltiplas formas de uso das
coisas, ato histórico, e um
espectro que ronda a linha
do horizonte, equilibrista

marx morre triste, a
bunda cheia de furúnculos,
o menino que expande
a vida das irmãs, mohr,
se acaba junto >>> jenny,
a companheira, morta
por causa de um câncer
na bexiga, 2 anos antes,
é certo, anota em uma
carta sem data que a fome
força os miseráveis a viver
de esmolas, a esmola tapa
uma nudez que fere, mata,
as filhas de marx e jenny
não escapam da miséria,
tudo continua assim e
o único limite para a
agonia de alguém é o
aniquilamento

é a cena numa mesa, um
bar, subúrbio de roma,
julho, 1967, gideon
bachmann, com a boca
cheia, olha para jonas
mekas e pasolini que não
duvida, a esperança é uma
invenção humana, tarde
demais, pessimismo
absoluto, que o suicídio
e a esperança são a
mesma coisa, pasolini
bebe um vinho da casa,
alerta que isso parece
religioso, uma guerra
civil, um aniquilamento,
jonas ri, de ambos, é
uma questão de classe,
resta a anarquia como
liberdade, e o cinema
não sabe nada de
novo, não sabemos
esperar

o aniquilamento, de um
lado *be-ins*, do outro,
qualunquistas, a vida,
a política, os olhos de
fogo cobertos com
lágrimas, os índios
mortos sobre o mar,
ao diabo e a deus, o
coração agora é de
pedra, sem misericórdia,
diário de frei bartolomé
de las casas, 1524, sem
data, quando os lucaios
são obrigados a pescar,
extrair pérolas, no golfo
da venezuela, ilha da
trindade, pária, *por que
mo dás, por que mo dás*,
yuya-pari, yuya-pari,
matar as línguas, quando
não há mais quem as
diga, é a guerra, aniquilar
tudo

jonas acende um cigarro,
lembra a pasolini que
nascem no mesmo ano,
1922, que suas biografias
são errantes, não especulam
nada, canibais de si mesmos,
acrobatas para nada, nada,
defendem a dúvida, esta
atrocidade, a vida exige
certeza, esta empáfia

a imagem dos corpos de
índios sobre o atlântico, o
sangue da américa latina,
a pequena semeniškiai, na
lituânia, a regiãozinha de
friul próxima a eslovênia,
a mínima heilbronn, em
baden-württemberg,
devastada pela guerra,
bachmann pede um
cigarro a jonas, o mundo
não é um mistério, no
mundo não há mistério
algum, nem deus nem
deuses, nem diabo nem
demônios, nenhum lugar
aonde ir

a imagem dos corpos de
índios sobre o atlântico, o
sangue da américa latina,
uma antecipação dos estados
mistos, como houvesse
milagre, se as estações
fossem estados da
imaginação ou se danasse
com porrada, aos socos e
pontapés, entre vico,
goethe e giordano bruno :
mascarar o mundo, não
aderir a ele, inventar
outra, uma segunda, uma
terceira, realidade

goethe viaja a itália,
15 de novembro, 1786,
começa um diário,
encontra hackert em
roma e pergunta algo
acerca da pintura de
paisagens, hackert tem
bom gosto, suas pinturas
parecem reais, 212 anos
depois um fusca verde se
revira com os pneus
apontados para o céu,
girando, uma perna
quebrada à altura da coxa,
o sangue escorre pela testa,
a cabeça aberta, dormência,
impressão severa: a ruína
de herculano escava
o presente

antes de ir para nápoles
goethe fala de ganimedes
estendendo um cálice de
vinho a júpiter e recebe
um beijo, isto é uma troca,
uma erupção do vesúvio,
é estrangeiro e pode ser
arrastado pela correnteza
de lava, chega a nápoles,
vedi napoli e poi muori,
alguém lhe conta de vico,
há algo em vico entre o
bom e o justo, um pó, as
cinzas, um convite para
ficar, um prazer

uma imagem completa é
pouco, muito pouco, sobra
o rosto sem tempo, sem
vestígio: o fusca vai para o
ferro velho, o vesúvio
explode outra vez: o rosto,
a boca, um tronco de árvore,
o para-brisa espatifado, a
mão direita raspa o nariz, é
indiferente se estava inteiro
se alguém contasse de vico
alguma coisa como não
há uma índole alemã

goethe visita o sopé do
vulcão, anota: algumas
coisas acontecem por
hábito e outras porque
confiamos nelas, como
nos guias — *lieber freund,
wie magst du starrend auf
das leere tuch gelassen
schauen?* —, as coisas
pequenas do mundo
dentro do menor espaço
possível, como num
fusca verde ou quando
diego em 3 segundos
revira o tempo: *guagliù,
che ve site persi, e non
sanno che se só perso*

a história é contra a
natureza, o fusca partido
ao meio, a árvore intacta,
diego com o punho cerrado:
uma paisagem é mínima
e sem efeito no vapor
de luz, nos contornos
apagados e sem memória
da vida, um acidente logo
na primeira hora da
manhã enquanto se
escuta uma canção: a
primavera, a espera

a língua atravessada
por um prego, a
de giordano bruno
que na hora da morte,
queimando, anota no
céu 9 cegos, 9 causas
para a cegueira do
mundo, a potência de
ver, algo a ser visto e
a luz: o que é ver, pensar,
não há a substância nas
coisas, só se fôssemos
deus, ou o diabo, mas
não há mistério, coração,
pensar e ver são uma
só coisa, ver é ler, ler é
ver, uma *skepsis*, morar
o tempo inteiro diante da
coisa dos olhos, vigilância,
observação, atenção,
como tocar a causa
do outro?

desobedecer a ordem e o
pavor, desertar, um mau
soldado: ao apagar a luz,
um acidente, o suporte da
lâmpada elétrica quebra,
toca-se o fio, um choque,
está no diário de wittgenstein,
13 de janeiro, 1922, adjetivos
para todos ao lados, estados
de terror e tremor, cheio
de medo, cérebro sensível,
estéril, indolente, idiota,
covarde, desesperançoso,
ciumento, brahms tinha
barriga, mas também força,
graça e entusiasmo, *é que*
o espírito dos contemporâneos
não tem mola nos pés, louco,
exilado, monofônico, nu, a
causa do outro, como
expulsar ou incorporar
a luz, como tocar?

expulsar ou deixar a luz
perto do coração, esmagar
o coração, deitar sobre o
lado esquerdo, oliverio
girondo olha pela janela,
hospedado no hotel city,
montserrat, calle piedras,
303, buenos aires, o dia
está bonito, o sol é forte
>>> andré kertész caminha
vagarosamente pela rua,
vê um homem debruçado
na janela, o dia está bonito, o
sol é forte >>> saca sua
câmera, fotografa os
contornos da figura, saltam
o cavanhaque, a careca,
10 de julho, 1962, o perigo
de ler, *kath' exochén*,
kertész ama os que leem,
os que guardam livros

os que leem não podem,
nunca, nunca, levantar os
olhos, oliverio girondo
escreve poemas *para leer*
en el tranvia, hieróglifos,
su mirada piensa y construye
objetos invisibles, el sol,
como la esfera luminosa del
reloj de un edificio público,
bajo los árboles, y el miedo
de que las casas despierten
para siempre y vean a la
gente pasar sin ninguna
seguridad, hacia un mundo
mejor, pensa em norah lange
e maria filomena: é o gesto,
semear a neve

é o gesto >>> hélio, uma bomba,
lê para torquato, pavio curto,
bilhetes escritos com tinta
vermelha furiosa, papel laranja,
num deles, sem data, *só se*
pertence às ruas, noutro, 28 de
maio, 1974, *branco no branco*
não é a áfrica, é o mergulho
essencial no desconhecido >>>
hélio, pavio curto, se esquece
do morto, a bomba, da cabeça
do morto, por causa do cerco
militar, *é um país de merda,*
é um país de merda, novembro,
1968, mais 4 anos e sinais e
palavras se desintegram, à
deriva, as coisas sem ar das
quais ninguém gosta, é o gás,
as armas e o gás

sempre a perigo, sem medo
ou nada a perder, imaginação
e fúria, *estado de guerra, abraço,*
precipício, hospício e *corpos*
sanguíneos, pernas abertas,
renasce e mora no conjunto
saci ou na avenida pedro freitas,
depois se estende até uma
pracinha de belo horizonte, no
calafate, quando caminhar
refaz a coragem e as canções,
e isto porque o coração é ao
lado da vida

mas é que não há tempo, lê-se
nos diários do sanatório, bomba
e pavio curto, ao lado há uma
dedicação e enigma, 3 nomes
ilegíveis >> *renata* <> *laís* <>
patrícia << um traço, a flecha,
la vie et la trace, desenho
rasgado no vazio, sem mapa >>>
torquato é mulher, escreve em
argot, gíria secreta de foras da
lei, mentira sistemática, nem
populus nem estado, *gadjesko*
nav, nem nada: *she don't give*
you a hoot of warning, wrapped
up in a black cat cloak, num
futuro anterior se sabe: os
nomes? 3 vampiras ciganas que
moram e renascem nos terrenos
baldios, abandonados, tomam
café enquanto, todos os dias,
as feridas não fecham

quem lê deixa os olhos
baixos, regressa à infância
quando, de novo, outra
vez, vínculo e acolhimento,
em segredo, levitando,
suspeita muda, um livro
aberto sobre a mesa >>>
a única alegria no mundo
é o começo >>> deslocar o
peso do sangue sobre o
peito esquerdo, a metade
mais gasta do corpo e,
assim, cabeça inclinada,
esmagar o coração

o lado esquerdo teve sua primeira impressão em 2024, quando completaram 100 anos da morte de franz kafka e 90 anos do texto de walter benjamin: *franz kafka: a propósito do décimo aniversário de sua morte*: "a violência de um beijo", "o choque de um aperto de mãos" e "entre as atitudes descritas por kafka nenhuma é mais frequente que a do homem cuja cabeça se inclina profundamente sobre seu peito". Essa reimpressão foi feita pela gráfica jmv, depois do livro ter sido finalista do prêmio jabuti, em outubro de 2025.